앨리스를 찾아서

시작시인선 0165 앨리스를 찾아서

1판 1쇄 펴낸날 2014년 6월 30일
지은이 박강우
펴낸이 채상우
디자인 정선형
펴낸곳 (주)천년의시작
등록번호 제301-2012-033호
등록일자 2006년 1월 10일
주소 100-380 서울시 중구 동호로27길 30, 413호(묵정동, 대학문화원)
전화 02-723-8668
팩스 02-723-8630
홈페이지 www.poempoem.com
이메일 poemsijak@hanmail.net

ⓒ박강우, 2014, printed in Seoul, Korea

ISBN 978-89-6021-211-4 04810
      978-89-6021-069-1 04810(세트)

값 9,000원

한국문화예술위원회 / Arts Council Korea   부산광역시 BUSAN METROPOLITAN CITY   부산문화재단 BUSAN CULTURAL FOUNDATION

＊본 도서는 2014년 부산문화재단 지역예술창작지원사업의 일부 지원으로 시행합니다.

앨리스를 찾아서

박강우

천년의 시작

사유가 시작되기 이전의 시간을 향해
끊임없이 반복한 해체
동시에 끊임없이 반복된 사유의 복원
사유의 해체와 사유의 복원이라는
두 개의 벽으로 만들어진 통로를 지나며
해체와 신화의 뿌리가 같다는 것을 깨달았다
하지만 이 둘을 연결시킬 잃어버린 고리를
찾지 못하고 헛돌기만 했다
나는 지금 떠나온 지 오래되어 가늠하기 힘들고
결코 도달할 수 없는
사유 이전의 시간을 향해 다시 떠나려 한다
원시성을 아직 간직하고 있을
잃어버린 고리를 찾아서
앨리스를 찾아서

차례

시인의 말

창세기 이후

—아담의 이름으로 가족사가 이루어지니
그들이 아래와 같더라
너희들의 이름은 지금 어떠하느뇨

폭풍의언덕이

늑대와함께춤을을 낳고

늑대와함께춤을이

홀로피어있는들꽃을 낳고

홀로피어있는들꽃이

주먹쥐고일어서를 낳고

주먹쥐고일어서가

흰바위위의독수리를 낳고

흰바위위의독수리가

．

．

　
．

.
.

에밀리 브론테를 낳고

창세기, 여덟 번째 날

나는 의자를 물 위에 놓고 앉는다
해가 질 때까지 가라앉지 않는다
유리병 안이다
나를 따라서 그들이
의자를 물 위에 놓고 앉는다
물에서 건져진 유리병들이
사각 쟁반에 놓여진다
그들과 나는
하루 종일 의자에 관한 이야기를 나누지만
이야기는 유리병 안에 담겨 있다

해가 지자
사각 쟁반이 넓어지기 시작한다
멀어질수록 그들과 나는
더 큰 소리로 이야기를 나누지만
그들과 나는
한없이 넓어지는 사각 쟁반 위의
보이지 않는 한 점으로 사라진다

해가 뜨면

그들은 끊임없이 되돌아와
의자를 물 위에 놓고 앉는다
사각 쟁반에는
새로운 유리병들이 놓여진다

창세기, 아홉 번째 날

거울이 손을 잡아당긴다
팔이 길어진다
거울 안으로 들어간 팔은
거울 안쪽의 견고한 벽에 박힌다
벽에 박혀 있는 팔을 붙잡고
계단이 거울의 천장으로 오른다
계단에 매달려 있는 사과가 떨어진다
떨어진 사과는
어느새 계단에 다시 매달려 있다
햇살을 받으면
팔은 분화되어 견고한 벽에서
팔들이 자라 나온다
팔들을 붙잡고 벽을 타고 오른 계단은
거울의 바닥에 도착한다
거울의 바닥은 거울의 천장이다
견고한 벽이다

창세기, 열 번째 날

바다를 가로질러
무인도로 향하는 기차 안이다
나의 옆에는 그들이 앉아 있다
끈적거리는 냄새가 난다
냄새가 기차 안을
그들로 가득 채우자
한 명씩 내게 다가와 귓속말을 한다
나는 귓속말을 차창에 받아 적는다
귓속말을 들은 차창은
붉은 구두를 신은 아이를
그들에게 내놓는다
그들이 붉은 구두를 기차 앞에 매달고
아이를 바다에 던지자
기차 안이 붉은 구두로 가득 찬다
끈적거리는 냄새가
붉은 구두로 그들의 발을 채운다
기차는 달리고 달려도
붉은 구두 안을 벗어날 수 없다

다시 쓰는 신화
―창조주 篇

원하시는 얼굴을 검색하십시오
검색하실 얼굴을 모르시면
별표를 눌러 주십시오
얼굴은 목이 잘린 순서대로 지나갑니다
간혹 잠을 자기 위해
거꾸로 매달려 있는 얼굴도 있사오니
검색을 하실 때는
고객님의 목을 두셔야 할 위치에서
정확한 자세를 유지해 주시기 바랍니다
그렇지 않으면 원하시지 않는 얼굴로
고객님의 얼굴이 교환될 수도 있습니다
원하시는 얼굴의 선택은 0번
최근 업데이트 된 얼굴을 보시려면 1번
지금까지 사용하신 얼굴을 보시려면 2번
남은 교환 횟수 확인은 3번
교환 금액 충전은 4번
상담원 연결은 5번을 눌러 주십시오

시간이 경과하였습니다
처음부터 다시 듣고 싶으시면 별표를 눌러 주시고

다른 거래를 원하시면 샤프 버튼이나 우물 井 자를 눌러
주십시오

다시 쓰는 신화
―Makoto Aida●의 「식용 인조 여아, 미미짱」篇

밤의 공원에서 주워 온 건

먹다 버려진 여자아이

여자아이의 아랫배를 꾹 눌러

음부에서 쏟아지는 날치 알을

밥알에 얹어 먹으면

나의 아랫도리가 창백해진다

나의 아랫도리에서

여자아이가 만들어진다

나는 여자아이에게 입김을 불어

눈을 뜨게 하고

날치 알로 음부를 채워

밤의 공원으로 돌려보낸다

남자아이들은 밤의 공원에 모여

아랫도리가 창백해진 여자아이를

불에 구워 먹으며

神을 구워 먹으며

神의 음부가

날치 알을 밥알에 뿌려 주길 기다린다

●Makoto Aida: 1965년 일본 니이가타 출생의 화가.

다시 쓰는 신화
―신의 거울에 비친 나의 허상들

박강우, '너의 언어' 2006.07.25 신고 BL48rlL BL48rlL BL48rlL

너의 언어 박강우 너의 가슴에 손을 얹는다 얼룩말의 줄무늬가 손에 잡힌다 얼룩말의 줄무늬를 잡아당겨 너의 가슴을...이름 한 만큼 나의 젖가슴에 멍울이 맺힌다 (〈현대시학〉2006.7) 박강우 1998년 〈현대시학〉으로 등단. 시집 〈병든...

http://blog.daum.net/woodway 玄琴堂 | 이 블로그에서만 검색

우리동네 굳닥터 병원

...박병욱소아과 051-261-5512 박강우소아과 051-262-3857 다대포이상훈소아과 051-265-8509 남경소아과 051-206-5296 김문찬소아과 051-294-0340 [1] 기타 전문과목 검색 HOME | 회사소개 | 개인정보보호정책 | 파트너 Copyright By...

KMbase저널정보 :, 성분도병원논문집 1993 년 6 권 1 호 307 ~ 314. 메인저자 :, 최대영/Choi, Dae Young. 서브저자 :, 윤경철/박강우/김성원/Yoon, Kyeong Cheol/ Park, Kang Woo/Kim, Sung Won. 키워드 :, Arterial blood gas analysis, Severity of asthma ...

kmbase.medric.or.kr/Main.aspx?d=KMBASE&m=J

OURNALLIST&jj=06131&yy=1993&vv=&nn= - 84k

- 저장된 페이지 - 유사한 페이지

다대2동 단체장협의회 명단 2007.02.17

… ~통우회장 총무 : 정지홍 ~새마을지도자협의회장 회원

: 송중석 ~청년회장 회원 : 박강우 ~방위협의회장 회원 : 이

옥분 ~새마을부녀회장 회원 : 조상구 ~바르게살기운동위원

장 회원 …

http://blog.daum.net/green9836/9167492 블로그내

부검색 | 미리보기

다시 쓰는 신화
—가상과 현실의 혼재 또는 융합 그리고 유비쿼터스

〈유비쿼터스〉란 본래 기독교에서 〈신은 언제 어디에나 존재한다〉는 의미를 한마디로 표현한 라틴어였다. 그것은 신이라는 존재의 동시 편재성을 강조하기 위해 만들어진 개념이다. 그러나 오늘날 고도로 발달한 다양한 정보 매체 기술은 그와 같은 추상적인 신의 개념을 현실화시키고 있다. 우리는 동시 편재적 시공간을 추상적 관념이 아닌 현실적 사실로서 체험할 수 있는 세상에 살게 된 것이다. —이광래, 『해체주의와 그 이후』(열린책들), p.313

물새를 키우면 사람이 될 수 있을까

우리는 서로의 가슴에 물을 쏟아 부었다
두 눈을 감은 채 팔을 내저으며
목만 내밀어 수조에 떠 있기도 했고
깨어진 유리병 바닥에 잠겨 잠들기도 했다
어떤 날은 파도에 휘말려
팔이 뽑힌 채로 접시에 놓여 있기도 했다
그런 다음 날엔
남은 다리만으로 길게 줄을 선 채
순서를 기다려야 했다
구름 위로 힘차게 날아올라
다시 온전해진 몸으로
지상으로 내려오는 순서를 기다려야 했다

예사롭지 않던 날

예사롭지 않던 날

텅 빈 객석의 의자들이 일어나서 우리의 노래를 들었고
우리의 키보다 크게 자란 수탉의 날갯짓을 흉내 내며 수
탉을 따라 날아올랐다

불시착한 비행기들로 가득 찬 활주로에 마주 서서 우리는
처음으로 수탉이 되는 방법을 알았다

수탉은 관제탑으로 올라가 텅 빈 객석의 이름을 하나씩
불렀고
파헤쳐진 활주로 아래로 내려가는 문이 하나씩 열렸다

문을 따라 내려온 우리는 봄 햇살에 잘 익은 딸기를 쪼아
먹으며
모래사장을 뛰어다니며
수탉이 되어 갔다

객석의 의자들이 내린 뿌리는 뒤엉켜 튼튼한 활주로를
만들었고

24

우리는 불시착한 비행기들을 지상으로 하나씩 날려 보냈다

예사롭지 않던 날
우리는 텅 빈 객석의 의자들이 수군거리며 뿌리를 내리는 소리를 들었다

오늘의 특선 요리

은행잎이 돌계단에 내려앉아
삐걱대는 의자 소리가 들리는군요

잠시 눈을 감는 동안
가방에서 사람들이 쏟아져 나와
삐걱대는 의자 소리에 맞춰
찻잔을 기울입니다

은행잎이 와글와글 주문을 외우자
사람들은 자전거를 타고
돌계단을 맴돌기 시작하는군요

도마 위의 생선은
무슨 생각을 하고 있을까요
욕조에서는 상어가 오리 보트를 쫓고
부엌칼은 사람들을 쫓고 있군요

오늘의 특선 요리는
오리 보트에 넣어 구운 상어 요리입니다

지친 사람들이 도마 위에서 헐떡거리며
아가미로 숨을 쉬고 있군요

34번가의 랙*
―세상은 생각보다 허술하게 돌아간다**

파도가 밀려와
상어의 아가미가 숨을 쉬는 미술관의
노란 커튼 뒤에서
물고문 소리가 들렸다

너와 나의 침대 사이에서 자란 매화는
꽃잎을 활짝 피워 갔고
물고문으로 부풀어 가는 너의 손을
나는 놓을 수밖에 없었다

여행 가방이 불타고 있는 모퉁이를
나는 옷을 입은 채
너는 벌거벗은 채 돌아갔고
물웅덩이에는
사람들이 고여 있었다

너와 나는
사람들이 말한 대로 이루어진
여행 가방에 넣어져 버려졌지만
거리는 사람들이 말한 대로 이루어지지 않았다

파도가 밀려와 머물다 떠나갔다

●34번가의 랙(Rag): Euday L. Bowman의 곡 「12th street rag(12
번가의 랙)」에서 인용.
●34번가: 이예린의 사진 작품명을 차용.
●Rag(랙 또는 래그): 1890년대에 흑인 피아니스트들에 의하여 창안
된 피아노 연주 스타일을 랙타임(ragtime)이라고 하며 여기에 '-랙'이
라는 이름을 붙인 것이다. 랙타임의 기본은 정박자로 연주되는 코드
(chord)와 옥타브(octave)로 이루어진 왼손의 규칙적인 비트(beat)
사이사이로 연주되는 오른손의 당김음(싱커페이션[syncopation])을
사용한 들쑥날쑥한(ragged) 리듬으로 구성되어 있다. 1890년대 중
반에서 1910년대에 걸쳐 피아노곡, 대중가요, 재즈밴드 연주에 많은
영향을 끼쳤고 1970년대에 재평가되면서 영화 「스팅」에 Scott Jop-
lin의 「Easy Winners」 「The Entertainer」 같은 랙타임 곡들이 사
용되어졌다.
●●영상설치 작가 이광기의 작품명을 차용.

스튜디오 미메시스

바다가 내려다보이는 창문이라면
더 좋을 듯합니다
내려다보는 순간
바다는 움직임을 멈추고
창문의 미세한 떨림이 느껴지지요
아무런 소리도 내지 않고
계단이 멈춰 섭니다
계단을 내려가는 나는
이제 곧 바다 위에 길게 드리워져
종잇조각으로 흩날려질 것입니다
창문의 미세한 떨림이
바다에 전해지겠지요
그동안 누가 나를 바다에 닿지 않게
매달아 놓았을까요
내가 항상 세상에 닿지 않게
매달아 온 창문이었을까요
이제 곧 종잇조각으로 흩날려진 나는
바다가 됩니다만
매달려 있는 나와
내가 매달아 온 창문은

아직도 수없이 많이 남아 있습니다

천국의 놀이동산

정오가 되자
발가벗기고 손을 묶어 매달았다

아이들이 젖가슴을 찢었다
자전거를 탄 사람들이 나와 풀밭을 돌아다녔다

아이들은 찢어진 젖가슴 안으로 사다리를 내려보냈다
젖가슴의 안은 젤리로 뒤엉킨 모래사장이었고
비행기가 날아와 추락했다

자전거를 탄 사람들은 풀밭에 앉아
긴 입맞춤으로 오후를 보낸 후
해가 지는 수평선을 바라보며 바닷물 속에 서 있었다
놀이 시간이 시작되었다

따분한 한 세기가 지난 후
아이들은 추락한 비행기를 열었다
비행사는 벌거벗은 채 손이 묶여 있었다

나의 옷에는 이름이 있다

강물을 건너와 침대에 눕는다
침대가 젖은 나의 옷을 벗긴다
발가벗겨진 나는
거울 위에 누워 있고
거울 안에는 강물이 흐른다
출렁거리는 나의 옷을 건져
유리 구두에게 입힌다
유리 구두는 아기 인형이 되어
거울 위를 기어가고
거울 안에는 아기 인형의 얼굴만 보인다
아기 인형의 얼굴이 거울에게
옷의 이름을 이야기해 주자
거울 안의 강물은 흐르지 않는다
침대가 아기 인형의 젖은 옷을 벗긴다
강물에 떠내려가는
나의 옷에는 이름이 있다

천사들의 비밀정원

그들이 소녀의 옷을 벗기면
소녀는 복제되기 시작하고
소년은 사과나무의 말로 이야기한다

복제된 소녀는 사과나무의 말이 싫어
귀를 막고 얼굴을 파묻어도
깃발은 자꾸만 높아지고
종소리는 끝없이 퍼져 나간다

사과나무의 말은
복제된 소녀를 언제든지 펼쳐 볼 수 있게
팔을 구부려 놓고
목을 기울여 놓고
얼굴을 붉게 물들인다

종소리가 사라지고
사과나무의 말이 사라지면
소년은 복제된 소녀를 욕조에 담는다
팔이 펴지고
목이 펴지고

깃발이 붉게 물든다

소년은 벗겨진 소녀의 옷을 입어야
사과나무가 될 수 있다

황금동굴의 왕

구름 위였다
나비들이 창문을 열고 들어와
등에 앉았다
왕의 발톱은 날카롭게 자라기 시작했고
왕의 귀는 쫑긋해졌다
황금동굴은 검은 깃발을 흔들며
물길을 불러 모으고
누가 바라보고 있는 것이었을까
검은 깃발의 하얀 어깨가 드러나며
나비 문신들이
물길 위로 날아올랐다
구름을 뚫고 창(槍)이 날아들었다
구멍 뚫린 구름으로 햇살이 쏟아졌고
왕의 사자(獅子)들은
왕의 심장을 돌칼로 갈랐다
누가 듣고 있는 것이었을까
햇살이 나무를 흔들었고
불타는 나비들이 나무에서 떨어졌다
왕의 사자들이
뿔나팔을 길게 불었다

왕의 날카롭게 자란 발톱과 쫑긋해진 귀는

물길을 거슬러

태어난 곳으로 되돌아갔다

파운딩 펀치

다섯 명의 신사가
소파에 앉아 회의를 하는군요
여비서는 사다리를 타고 올라가
천장에 매달린 종을 치고
링에서는 격투기가 시작되는군요
링 닥터의 경고에도 불구하고
호텔 방 안에서는
누드모델 사진 촬영 대회가 강행되고
중요 부분이 노출되지 않게
다섯 마리의 애완견이
소파 위를 어슬렁거리는군요
링 밖에 숨겨 둔 폭죽이 터지고
중요 부분이 노출된 신사는
황급히 회의장을 떠나는군요
어슬렁거리던 애완견이
노출된 중요 부분을 물고 나오고
여비서는 종을 다시 치기 위해
사다리를 타고 오르기 시작합니다

슈퍼모델 따라 하기

자네의 자세는 일품일세
팔을 머리 위로 올려 보게
속눈썹이 드러나며 얼굴도 보이겠지
자네의 얼굴은 언제나
제대로 그려 낼 수가 없다네
몸은 자네의 몸이지만
얼굴은 나의 얼굴이야
책상에 엎드리면
책상 아래의 세상이 내려다보이지
가느다란 강줄기에 매달려
사람들이 까마득한 몸을 씻고 있다네
사람들은 강줄기가 끝나는 안개 속에서
자네의 몸이 달려 있는 자신의 얼굴을 버리고
자네의 얼굴을 단다네
안개 속은 자네의 멋진 자세를 따라
무지개가 떠오르는 마을이거든
까마득한 자네들은
무지개를 타고 책상 위로 나오려고 하고
나의 얼굴은
자꾸만 책상 아래로 파묻혀 내려간다네

천국 입문용 시력검사표

가로등 불빛에 얼굴을 파묻었을 때

휴지통에 버려진 비행기 왼쪽에
날개 떨어진 잠자리

날개 떨어진 잠자리 아래
발 없는 물오리

발 없는 물오리 오른쪽에
찢어진 우산

찢어진 우산 아래
숨 끊어진 물고기

숨 끊어진 물고기 아래
녹슨 자동차

녹슨 자동차 아래
가로등 불빛 아래

아무것도 보이지 않는 시간 동안만
문은 열린다

추억이라는 이름의 기억회로

짐차는 운동장에 짐을 부리고
모퉁이 화단에 앉아 있는 여자아이
두루마리 화장지는 굴러다니고
전화기는 덩그러니
노트북은 교실 바닥에
짐차는 교실 밖으로
사다리는 너무 높아서 손끝이 닿지 않고
대기실의 자판기에는 줄을 서 있고
가방은 나무 화분 옆에
탁자는 오른쪽 가장자리
술병은 침대와 나무 화분 사이
침대는 운동장 한가운데
지친 여자아이는
침대까지 찾아가는 길을 묻고 있고
나무 화분까지 갔다가
사다리를 올라가지 말고 왼쪽으로
전화기까지 갔다가
술병이 있는 곳에서 아래로 탁자까지
두루마리 화장지를 따라가면
노트북이 침대 위에 놓여 있다

특급배송과 책임배송

곧 도착한다는군. 배송 도중 뿔이 돋고 비늘이 생기고 말발굽이 땅을 흔드는군. 묶여 있던 머리카락이 풀어지고 사과 껍질이 벗겨지고 머무는 벽마다 CCTV, 블랙박스, GPS, Wi-Fi. 이젠 부끄럽지도 않군. 보여 줄 수 있는 건 사과 한 조각, 빈 쇼핑백 하나, 길을 걸어오는 두 여자. 나무 벤치에 앉아 치마를 입히면 책임배송, 치마를 벗기면 특급배송. 지금 어디쯤 온 거지. 지금은 눈이 생겼고 지금은 팔이 생겼고 지금은 귀가 생겼고 지금은 이층 계단을 오르는 중이고 지금은 도서관 문을 여는 중이군. 식탁보를 펴고 풀밭에 앉아 맨 앞줄에 자전거, 다음 줄에도 자전거, 마지막 줄에도 자전거, 언제 도착했는지 어디서 왔는지 다음 자전거는 언제 도착하는지 도서관 문이 닫히고 나서도 알려고 하지 않아도 알고 싶지 않아도 풀밭에 앉아 식탁보를 펴면 기억하지 않아도 기억하고 싶지 않아도 빈 쇼핑백은 항상 가득 차 있군.

아웃포커싱

젖소들이 이야기를 나누고 있고
부엉이의 머리에서 태어난 아이들은 울고 있군요

나는 새벽까지 아무 말 없이
부엉이의 눈만 쳐다보고 있습니다

옆집의 그 남자도
앞집의 그 여자도
부엉이의 눈만 쳐다보고 있습니다

젖소의 젖을 빨며 아이들은 더 이상 울지 않고
신사복을 입은 수탉이 나팔을 불며 돌아올 때가 되었군요

나팔이 뿜어내는 안개가 자욱하여
부엉이의 눈도 더 이상 보이지 않고
돌아갈 길도 보이지 않습니다

안개 속에서
젖소와 부엉이와 수탉이 뒤엉켜 최초의 천국이 되고
아이들의 울음소리는

오래된 천국의 나팔 소리로 울려 퍼집니다

하루의 시작

　어항에는 미꾸라지 열두 마리, 숟가락으로 휘휘 저으면 여섯 마리, 팬케이크를 정확히 십이 등분하면 스물네 시간은 열두 시간, 팬케이크 두 조각에 미꾸라지 한 마리, 포크로 찍으면 포크는 네 시간, 포크는 여섯 개가 필요하군, 무릎에 앉은 상처 딱지, 욕조 안에서 부풀려져, 오전에는 블루베리 아이스크림 한 숟가락, 오후에는 꿀 한 숟가락, 숟가락은 열두 시간, 숟가락은 두 개만 있으면 되는군, 담배는 밥그릇 하나 가득, 알약은 물컵 하나 가득, 밥그릇은 열두 시간, 물컵도 열두 시간, 밥 한 그릇 먹고 물 한 컵 마시고 나면 하루군, 선글라스는 시간이 멈춘 하루, 스물네 시간은 한 시간, 한 시간은 스물네 시간, 무한대의 시간, 존재하지 않는 시간, 선글라스 한 개만 있으면 하품도 하루, 나뒹구는 속옷도 하루, 미꾸라지도 하루, 팬케이크도 하루, 포크도 하루, 숟가락도 하루, 밥그릇도 하루, 물컵도 하루, 태초의 하루는 하루하루가 따분한 여자의 방문이 열리면서 시작되었다.

시간의 탄생

어린 동생의 입에
버찌를 따 먹이던 날이었던가요
한 알의 버찌를 깨물며
시간은 흐르기 시작했지요
어린 동생을 거꾸로 들고
버찌를 토하도록 두드렸지만
시간은 멈추지 않고
처음으로 눈이 내리기 시작했지요
나는 눈이 가슴까지 차오를 때까지
어린 동생을 거꾸로 들고 있어야 했습니다
그때, 나의 키만큼 긴 장화를 신은 사람들이
눈 속에서 나와
눈을 멈추게 하고
어린 동생의 입에서 버찌를 꺼냈지요
흐르던 시간이 멈추었습니다
가족사진 속의 나는
막 태어난 어린 동생을 거꾸로 들고 서 있었고
막 태어난 어린 동생은
이빨을 꽉 깨문 채
더 이상 입을 벌려 주지 않았습니다

나는 장난감 비행기였을까요

나를 태운 장난감 비행기가 방 안을 낮게 날며 붕붕거리는 목소리로 방 안 가득 작별 인사를 합니다

숨어 있는 꽃씨를 꼭 챙길 것
흥청거리는 낙서는 반드시 버릴 것

거울 앞에서 半人半機가 된 몸매를 가다듬으며 작은 의자 하나를 꼬리날개에 매답니다
먹구름에도 절대 흩날릴 것 같지 않군요

낡고 긴 외투를 끌고 가는 아저씨의 목에 어린 젖소를 걸쳐 주면
작은 의자를 내려 비행을 멈추면

숨어 있는 꽃씨가 활짝 필까요
흥청거리는 낙서는 꽃밭이 될 수 있을까요

어린 젖소가 쫑알쫑알
아저씨의 귀에 젖 냄새 나는 입맞춤을 합니다

길모퉁이를 돌아가면 아기 집이 나와요
작은 의자에 앉는 건 위험한 잠이겠지요
꼬리날개만 작은 의자에 앉을 수 있으니까요

나는 장난감 비행기였을까요

서늘한 왈츠

봄인가요

들어 보세요

사막의 바람 소리만 들리지 않나요

우산을 든 소녀가

모래언덕에 파묻혀 가며

봄을 즐기고 있지요

소녀처럼 귀를 막고 들어 보세요

사막의 바람 소리가

봄바람처럼 귓불을 건드리며

춤을 추게 하지 않나요

춤이 끝나면

소녀는 사막의 바람 소리로만 남게 되고

홀로 남은 우산은

사막의 바람 소리에게 물어보지만

어디에도 봄은 없지요

우산도 사막의 바람 소리에 온몸을 실어

춤을 추기 시작하고

춤사위를 따라 사막의 바람 소리가 잠잠해지면

봄인가요

사막이 사라진 자리에

비가 내리나요

사진 괴담

분명 날아가는 새를 찍었는데
빈 그네가 찍혀 있는지 모르겠어
하늘에 걸린 빈 그네와
그 옆에 서 있는 나를 담고 있는 사진

눈을 감고 손으로 더듬어 봐
그네에 앉아 있는 네가 만져지지 않니

서로의 눈을 들여다보며
깊숙이 손 넣어 만져 보면
사진의 안 같은 하늘과
사진의 바깥 같은 그네만 만져질 뿐이지

분명 너는 나의 길을 찍고
나는 너의 길을 찍었는데
어떻게 두 갈래 갈림길이 찍혀 있는지 모르겠어
발목이 푹푹 빠지는 갈림길 앞에서
나는 나를 찍고
너는 너를 찍고
왔던 길을 되돌아가야 하지 않겠니

금단의 도시에서
다시 문을 열고 나와
눈을 감고 손으로 더듬으며
너와 나를 찾아 나서야 하지 않겠니
최초로 문을 열고 나온 너와 나는 한 몸이었어

섬

소파에 앉으면
나의 몸은 소파에 새겨져 무늬가 되지요
유리잔은 깨어지고
종이는 바람에 날려 다녀요
가끔 새들이 날아와
소파의 무늬가 되기도 하지만
소파의 나이를 견디지 못해
이내 사라져 버리지요
때론 새를 따라 물살이 다녀가지요
그때가 무늬로 새겨진 나의 몸이
소파의 나이를 버리고
사람이 될 수 있는 유일한 시간입니다
그래도 유리잔은 깨어지고
종이는 바람에 날려 다녀요
이럴 땐 가로등 사이로
어린 비행기들이 날아다니지요
하지만 가로등을 깨트린 적은 한번도 없답니다
아마 어린 비행기들에겐
가로등이 태양처럼 빛나 보이기 때문일 겁니다
가로등 아래서

어린 비행기들이 이륙 연습에 열중이군요
뜨겁게 달아오른 활주로는
사람이 될 수 있는 유일한 길입니다만
나는 사람이 될 수가 없군요
아마 뜨겁게 달아오른 활주로가
나에게는 착륙 연습만 시키기 때문일 겁니다

사냥이나 하러 가자

표범의 등에 올라타고 먹잇감을 쫓는다
흙먼지 자욱한 활주로를 따라
나는 폭포 아래로 떨어진다
후두둑 쏟아지는 먹잇감을 향해
입을 쫙 벌린 나의 맨몸에서는
표범의 무늬가 돋아나고
넝쿨에 걸려 넘어진 표범은
맨몸이 되어 나의 등에 올라타고
사냥이나 하러 가자
발길에 차이는 잎사귀의 소리가
풍덩거리는 습지를 지나
양탄자를 타고 사막을 건너
산양들이 풀을 뜯는 물가에서
맨몸을 씻고 사냥이나 하러 가자
쏟아지는 햇빛에 눈먼 산양들은
절벽 아래로 날아올라
계곡은 물새 떼로 가득 차고
나는 퍼덕퍼덕 손 날갯짓
폭포 위로 솟아올라
부서진 활주로를 넘어

물새 떼를 따라 사냥이나 하러 가자

가짜 엄마

검은 긴 팔의 장갑이 나를 끌어당겨

나는 너에게 줄 음식을 만들고 있지

나는 검은 긴 팔의 장갑이 되고 싶거든

내가 만든 음식이 너를 병들게 하는 건

나의 잘못이 아냐

놀이터 때문이야

너의 어린 장갑이 숨을 곳을 찾지 못해

낮은 짧아지고

너는 놀이터를 떠나지 못하고 있지 않니

밤이 되면 검은 긴 팔의 장갑은

이빨을 드러내며

너의 어린 장갑을 삼켜 버리겠지

나에게 들키지 않도록

놀이터가 식탁 아래 숨어 있다는 것도 나는 알고 있어

내가 만든 음식을

네가 먹지 않도록 놀이터는 낮은 소리로

자장가를 불러 보지만

너에게 음식을 먹이지 않으면

밤은 오지 않고

검은 긴 팔의 장갑이 영원히 될 수 없을 거야

나는 너의 가짜 엄마란다

도대체

뭘 읽었지

얼어붙은 나의 얼굴이
대리석 바닥에 떨어져 산산이 부서져 있군

담배를 피우는 심각한 표정이
페이지를 넘기고 있고

나의 얼굴 사용법은 1998KHz
빌딩을 넘고 하수구를 타고 흘러

무릎을 적시고
책상을 덮고
지붕을 덮고

조명등 아래서
마지막 차편이 떠나기 전에
첫 차편이 도착하기 전에

방송용 나의 얼굴은 이미 무릎이고

책상이고
지붕이다

담배를 피우는 심각한 표정이
페이지를 넘기다 말고 시비를 걸고 있군

도대체 뭘 읽었지

다섯 번의 하루

첫 번째의 하루 동안
우리는 갓 태어난 여자아이를 제물로 바쳤다
피 묻은 제단에 누워 우리는 아이를 낳았다

두 번째의 하루 동안
우리는 횃불을 태웠다
횃불이 타는 동안
우리의 그림자는 나무에 새겨졌고
나무는 영생을 얻었다

세 번째의 하루 동안
우리는 빛이 나는 뿔을 가진 동물을 사냥했고
하루 동안 태어난 아이의 이름을
빛나는뿔이라고 불렀다

네 번째의 하루 동안
빛나는뿔은 영생의 나무뿌리에서
샘물이 솟아나게 했다
샘물은 우리의 병을 낫게 했다

다섯 번째의 하루 동안
샘물은 점점 말라 갔고
다섯 개의 횃불이 타고 나서
우리는 빛나는뿔을 죽였다
빛나는뿔을 구워 먹으며 춤을 추었다

불의 제전

음흉한 발가락을 가진 그를 살해하고
살점을 나눠 먹은 우리는
독수리의 눈을 얻었다
독수리의 눈으로 팔백 리를 날아가
아이의 목소리로 울부짖으면
머리는 구름 위에
발은 땅에 닿았다

울부짖는 목소리는
사람을 잡아먹고
사람의 얼굴을 가진 산짐승으로 태어났다
우리는 횃불을 들고
산짐승을 따라다니며
불 질러 사람을 잡아먹고
우물을 퍼마셨다

닳아빠진 발가락으로
새벽 강가에 도달한 우리는
강물 속으로 들어가
독수리의 눈을 가진 아이를 낳았다

그의 가면을 쓰고
음흉한 발가락을 키우고 있었다

소통을 위한 에피소드

그들은 꿈을 이식받기 위해
나란히 누워 기다렸다
한 줄기의 빛만 있으면
텅 빈 식당의 바닥이거나
쓰레기 더미 위에서도
나란히 누워 빛을 맛보며 꿈을 그리워했다
빛을 맛볼수록 그들은 투명해져 갔고
꿈은 쓸쓸해져 갔다
쓸쓸해진 꿈은
그들이 투명해지는 것을 막기 위해
빛을 모두 집어삼켰지만
꿈은 점점 부스러지며 흩어졌고
투명해진 그들도 보이지 않게 되었다
남겨진 그들의 그림자만
한 줄기의 빛에도 몸을 일으켜
춤을 추기도 하고
고함을 지르기도 하며
꿈을 그리워했다

마지막 생일잔치

지갑을 열어 보세요
구름을 헤집고 기차가 달려 나옵니다

그때 처음으로
계단에서 주운 반지가 빤짝하고 빛나지 않나요

눈물과 웃음이 버무려지는 저녁에는
머리를 겨누던 권총이 계란말이처럼 맛있어지는군요

진공청소기가 구름으로 사람을 만들고
축하객이 욕조에까지 가득 담기는군요

냄비는 구름으로 국을 끓이고
구름 냄새는 화약 냄새처럼 달콤해지지요

샤워기를 틀어 보세요
뜨거운 국에 데여 모두 구름과자가 되는군요

돌아가는 기찻길은 외롭지 않을 겁니다

소리의 起源

물 끓는 소리가 빗소리를 들으며 생각에 잠겨 있군요

들리는 소리와 들리지 않는 소리는 어떻게 다를까요
물 끓는 소리와 빗소리는 서로를 구별할 수 있을까요

아마, 대화는 의자를 박차고 일어나는 순간부터 시작될
겁니다
공중그네에 매달려 혼몽해질 때
물 끓는 소리는 빗소리가
빗소리는 물 끓는 소리가 들리기 시작합니다

몸 가누기 힘든 비바람이 치는 날이 온다면
모든 걸 잊어버리고 싶군요
벌거벗은 채 누운 거인의 귓속에서
미로는 다시 시작될 거구요

미로 안에서
물 끓는 소리와 빗소리의 대화도 다시 시작됩니다만
거인은 아무런 소리도 들리지 않나 봅니다
눈을 감은 채 미동도 하지 않는군요

물 끓는 소리와 빗소리는 구별될 수 있을까요
들리는 소리와 들리지 않는 소리가 뒤섞인 미로 안에서는
대화도 뒤섞여 미로가 되어 버립니다

공중그네에 매달려 있기 힘든 폭풍우가 밀려온다면
거인 옆에 벌거벗고 누워
미로를 처음으로 탈출해서 나오는 소리를 듣고 싶군요
전혀 들리지 않는 폭발음이겠지요

거울이 나에게 보내는 그림엽서

오늘은
한번도 말을 걸어오지 않는구나
헝클어진 머리카락으로
종이배를 접으며
하늘에서 부르는 소리에
콧날이 뾰족하게 길어지고
어깨끈이 풀어지고

폭풍우가 지나간 후
구멍 뚫린 방문으로 들이닥친 햇살이
젖은 종이배를 말리고 있었지
종이배는 너를 싣고 떠나기 위해
횃불이 모두 타 버릴 때까지
기다려야만 했어

오늘은
한번도 나를 쳐다보지 않는구나
종이배를 접으며
남겨진 빗줄기 소리를 들으며
하늘이 손을 내밀 때까지

너는 토끼굴을 파고 있구나

神을 위한 성교육 시간

208호실에 가시면
기린 둘이 침대에 누워 있을 겁니다
아마 분홍 구두와 분홍 손가방도
침대 옆에 가지런히 놓여 있을 거구요

208호실에서는
지금까지 알고 있었던 순서는 모두 잊어버리시고
시작과 끝만 있는 새로운 순서를 잘 기억하셔야 합니다
우습지도 않고 심각하지도 않은
시작과 끝만 계속 반복되니까요

그리고 208호실에서
절대로 잊어버리시면 안 되는 것은
분홍 구두와 분홍 손가방도
기린과 기린도
모두 시작과 끝만 반복되는 순서라는 겁니다

아름다운 스파이

방문을 열어 둔 채
자꾸 목을 매다는 나는 자살에 중독된 스파이다

독수리를 불러 모으기 위해 목을 매달고
갓난아기를 냄비에 넣고
물을 붓고 불을 지펴 죽을 끓여라

죽을 담은 그릇을 식탁에 놓으며 너의 속옷을 훔쳐보고
잔을 놓으며 너의 체위를 가늠하는 나는
방문을 열어 둔 채 황량한 초원에 서 있다

나는 왜 열린 방문 밖으로 탈출하려 하지 않는 것일까

갓난아기의 살냄새를 찾아
초원을 가로지르는 독수리의 눈매가 외롭다

무대장치

문을 열면 내가 보일까
아니면 네가 보일까
너와 나 사이에서
누가 웃고 있는 것 같지 않니

문이 갑자기 웃기 시작했어
신발 끝이 웃음을 따라 말려 올라가며
문의 발가락이 보였지
꽃무늬가 그려진 발가락은
문의 발가락이 아니었을지도 몰라

확성기가 왕왕거리며
꽃무늬를 뱉어 내고 있었지
너는 임신한 소녀였고
나는 너의 목을 조르고 있었고
비명은 꽃무늬에 덮여 들리지 않았어

그때도 너와 나 사이에서
누가 웃고 있는 것 같지 않았니
너와 나 사이의 문을 열면

누군가의 발가락을 볼 수 있었어

너의 목을 마지막까지 조른 나와
마지막까지 비명을 참고 있는 너를 바라보며
누군가의 발가락이 꽃무늬에 덮여 갔어

나의 살던 고향은

여자아이는 춤추기에 좋았다
남자아이는 노래 부르기에 좋았다
기차는 막다른 길에서 멈춰 섰고
텅 빈 기차에서 뱀들이 기어 나와
다리를 휘감았지만
나뭇잎처럼 가벼운 발바닥을 파먹지는 못했다
여자아이는 구름으로 계단을 만들어
밖을 기웃거렸다
계단을 올라가 밖으로 나가는 문을 열면
남자아이의 머리에서부터
기억이 쏟아져 내렸다
나무들이 물에 잠겨 있었고
사람들이 나무 위에 앉아
구름으로 몸을 가렸다
쏟아진 기억은 텅 빈 기차 안을 굴러다니며
사람들의 몸을 가린 구름을 걷어 냈다
사람들은 뱀의 몸을 가지고 있었다
춤추기에 좋았던
노래 부르기에 좋았던
나의 살던 고향은

춤을 출수록
노래를 부를수록
막다른 길이 생겨났고
뱀의 몸을 가진 사람들이 모여들어
뱀의 아이를 키우고 있었다

그녀의 방, 그 속성에 대한 반성

그녀의 방 안에 들어서면
그녀의 방이 점점 자라나
나의 몸은 아기의 몸이 됩니다

아기의 몸으로
그녀의 생일 케이크를 자르며
방 안의 깊이를 가늠해 보지만
칼을 케이크 속에 빠뜨리고 맙니다
방 밖의 깊이에
익숙해져 있기 때문입니다

방 안의 깊이를 가늠하는 동안
그녀의 방이 점점 투명해져
방 밖의 무게를 가늠해 볼 수 있지요
하지만 가늠할수록
아기의 몸도 투명해져
그녀의 방은 사라지지요
방 안의 무게가 일정하지 않아서입니다

그녀의 방 안과 방 밖의 사이에는

수많은 그녀의 방이 있고
수많은 아기의 몸이 들어 있지요
아기의 몸으로 가득 찬 그녀의 방은
깊이와 무게로 가늠할 수 없는 속성을 가집니다

엉성한 낙원 1

반바지 남자아이와 공룡이
발맞추어 빤짝빤짝 손을 흔들고 있군요

젖소는 나무 위로 둥실 떠올라
별자리를 만드는군요

정원에서는 별자리가 차곡차곡 쌓여
밤하늘이 저물지 못하는군요

별자리에 이름을 모두 붙이고
반바지 남자아이가 젖소의 울음소리를 내는군요

쌓여 있던 별자리가 공룡과 발맞추어
손 흔들며 떠나는군요

엉성한 밤하늘이 저물어 갑니다

엉성한 낙원 2

식탁에는 빈 접시가 놓여 있었고
고무풍선을 팽팽하게 불자
빈 접시에 앵무새가 날아왔다

식탁에는 빈 의자가 놓여 있었고
고무풍선을 팽팽하게 불자
빈 의자가 창문을 활짝 열었다

식탁에는 빈 가축우리가 놓여 있었고
고무풍선을 팽팽하게 불자
식탁은 가축우리 안으로 들어가 있었다

고무풍선을 팽팽하게 불자
빈 가축우리 안에 내가 들어가 있었다

박물관 사용 설명서

춤을 추시겠습니까
빙벽이 된 계단이 미끄럽군요

엘리베이터가 열립니다
뼈만 앙상히 남은 고래의 속살이 하얗군요

이런 날은
비행기 날리기를 하고 싶어지지 않으세요

멀리 날아갔던 비행기가
방금 태어난 아기 고래들을 태우고 돌아오고
정원에서는 새로 도착한 방문객들이
엘리베이터를 기다립니다

따뜻한 아기 고래의 체온이
빙벽 위에서도 춤을 추게 하는군요

이젠 엘리베이터를 열고 나와
춤을 추시겠습니까
엘리베이터 문밖은 텅 비어 있습니다

동물 해방운동
−2090년 동물 해방운동 선언문에서 발췌

구십 년 전까지는 색인표라는 것이 있어서
가나다 순서로 만든 축사에서
동물적인 삶을 보장받을 수 있었다
하지만 지금은 색인표는 없어지고 검색창만 남아
동물들은 실시간으로 검색창에 불려나와
오늘 먹은 음식은 무엇이며
몇 킬로그램을 먹었으며
음식의 구입처와 가격을 말해야 하고
심지어 대소변의 횟수까지 세상에 알려야
온전한 목숨을 이어 갈 수 있게 되었다
동물로서의 기본적인 삶마저 포기할 수밖에 없는
이런 사태는 하루 빨리 시정되어야 하며
신속한 사태의 해결을 위해
가장 비동물적인 행위인 검색창을
시급히 폐쇄할 것을 촉구한다
아울러 우리는 동물 해방의 그날까지
동물적인 삶을 영위하지 못하게 억압하는
모든 비동물적인 것들과 싸울 것임을 선언한다

유랑 극단의 전성시대

아이들이 몰려와 초인종을 누르면
벽이 눈을 뜬다

눈에서 흘러내린 아이들이
벽을 들어 옮긴다

옮겨진 벽은 물고기가 되고
아이들을 갉아먹은 물고기는 버려진다

물고기가 버려진 운동장을
재생 종이가 덮는 동안
아이들이 재빨리 운동장을 접는다
운동장은 주말 계획처럼
공기 속으로 사라진다

사라진 운동장은 공기 속에서
접혀진 아이들의 손바닥을
공기 밖으로 활짝 펴 보인다

펴 보인 아이들의 손바닥에서

버려진 물고기의 웃음이 뚝뚝 떨어진다

포토샵

의자에 앉아
손이 뒤로 묶인 채로 달이 뜨면
입만 벌려도 달을 먹을 수 있을 것 같지 않니

돌아가고 싶지, 구경꾼들 사이로

귀는 볼수록 이상하게 생겼어
퇴화되어 없어져야 할 것 같지 않니
아니면 몸속으로 내장되든가

달을 먹으면
달 같은 아이를 가지게 될 거야
귀가 내장된 신형으로

아직도 돌아가고 싶지, 구경꾼들 사이로

구경꾼들이 내장된 신형으로
다시 태어나고 싶지

캔버스에는

구경꾼들로 포장된 네가 그려져 있을 거야

아템포*

준영**아 이제 그만 일어나자

자명종이 벌써 이렇게 자라
또렷한 목소리로 세상을 읽고 있지 않니

마음의 소리
마린 블루스
무한 동력
나비효과
암은 암, 청춘은 청춘
비빔툰, 세상은 다섯 가지 맛이에요***

준영아 이제 그만 자러 가자

자명종은 네가 세상을 보는 동안
또렷한 목소리를 잠재우고
가닿을 수 없는 물가를 향해
하염없이 걸어가고 있단다

유령선이 일렁거리고

사냥개의 울음소리가 자욱한 물가를 향해

오래전에 떠나와

가늠할 수 없는 시간을 거스르며

아 템포

●아템포 또는 아 템포(a tempo): '본디빠르기로'란 뜻. 연주 도중에
서 일시적으로 변화했던 속도를 본래의 템포로 되돌리라는 악상기호.
●●준영: 박강우의 둘째 아들 이름.
●●●3연은 준영이의 침대 옆에 놓여 있는 책장에 꽂혀 있는 만화책 제
목들.

제조번호 F060101-T23M

올해 스물세 번째로 태어났답니다.

M-type이죠, 남자에서 여자로, 여자에서 남자로만 변신되는 구형 제품을 가지고 계신다면 보상 판매 기간 동안 저를 구입해 보시죠. 날씬녀로 변신해 볼까요, 우람남으로 변신해 드릴까요, 당신이 알고 있는 모든 남녀로 변신이 된답니다. 아! 깜빡했네요, 작년에 출시된 D-type에 없던 연예인 변신 모드가 추가되었답니다. 국내파와 국외파로 나누어져 있는데 온라인을 통해 매월 추가되는 신인들을 다운 받을 수 있습니다. 이런 기능에도 식상하셨다면 내년에 출시될 계획인 X-type을 추천해 드리지요. X-type에는 획기적인 기능이 추가됩니다. 사람뿐만 아니라 다른 생명체와 무생물로도 변신되는 기능을 가지고 X-type끼리는 호환이 되기 때문에 모든 생명체와 무생물이 대화를 나누며 살아가는 에덴동산을 마음껏 향유할 수 있게 됩니다. 아울러 부가적으로 현장감 넘치는 배경을 원하신다면 별매품으로 판매되고 있는 변신용 배경을 구입하여 같이 사용하십시오. 내년에 업그레이드 예정인 신제품 변신용 배경은 당신이 상상할 수 있는 어떠한 배경으로도 변신이 가능하게끔 설정될 예정이어서 X-type과 같이 사용하신다면 당신이 꿈에도 그리던 잃어버린 미메시스를 구현하실

수 있습니다.

하지만 명심하십시오. 반드시 본사에서 제공하는 별매품을 사용하셔야 하며 승인되지 않은 별매품을 사용하여 X-type의 수명이 단축되거나 고장이 났을 때는 본사에서 책임지지 않으므로 주의하셔야 합니다.

토크쇼와 짬뽕

이른 새벽부터
식탁 위에 코끼리와 낙타가 피신해 있군요
마이크가 물에 잠기고
투 투 투 투
헬리콥터가 날아오는 소리가 들리는군요
타 타 타 타
낙타의 발소리가 들리고
투타 투타 투타 투타
코끼리가 코를 흔들고
마이크는 찌직 찌직 꺼져 가는군요
띵띵딩띠띵딩
펭귄 가족이 다급하게 초인종을 울리고
칙 투 칙 타 찍 찍 찌직
기린이 현관문을 여는 소리가 들리는군요
이른 새벽
사냥꾼이 남긴 밥그릇에 폭우가 쏟아져
아무런 맛도 나지 않는군요
투타찌직띵띠딩칙찍타

프라이팬과 신사

프라이팬에서 반숙의 계란이 익어 갈 때
회전목마를 탄 신사는
뭉게구름 위로 치솟아 오르고

반숙의 노릇한 맛이 지글거리는 실험실에서는
복숭아는 오렌지로
오렌지는 복숭아로

우산이 드리워진 해변에서는
모래 맛의 생선과
생선 맛의 모래가 뒤섞여

회전목마를 탄 신사의 엉덩이는
붉게 반죽되어 익어 가고

엄지를 치켜세우는 손짓을 따라
왕관을 쓴 신사의 눈길은
프라이팬을 벗어나 수평선을 넘어간다

좋아요 멋져요 기뻐요 슬퍼요 힘내요[*]

누가 사촌 누나의 손발을 묶어 상자 안에 넣어 두고 갔
을까

우리는 비밀 여행 중이었어
입국심사대에서 나는 누수탐지기로 심장 검사를 받았었지

과대 포장된 사탕 알이 요로를 따라 흘러나오고
사촌 누나의 속옷은 대동맥에 꾹 박혀 있었지

그날 저녁 옆집 식사 초대를 받았어
옆집 부부와 우리는
과대 포장된 사탕 알에 딸기 맛 요구르트를 곁들여 식사를
하고
좋아요 멋져요 기뻐요 슬퍼요 힘내요를 남발했어

대동맥에 꾹 박힌 사촌 누나의 속옷에서 나오는 방귀를
참느라
나의 손을 떨고 있었지

사촌 누나는 떨고 있는 나의 손을 꼭 잡고 입을 맞추어

주었어
　옆집 부부도 덩달아 입을 맞추었어

　방귀는 소리도 없이 냄새도 없이 사라졌지

　우리는 상자 안에 나란히 누워 잠들었어
　제발 깨우지 마

● 카카오스토리의 느낌 달기 기능에서 인용.

커튼콜

고드름이 목젖을 뚫고 내려가
늙은 추장은 멱살을 쥐고 뒹굴고 있군요

카펫의 혈흔은 붉은색일까요
킬힐은 비밀을 알고 있을까요

또각또각 시곗바늘이
킬힐이 남겨 놓은 단서를 쓸어 모으고 있군요

지영이는 목젖이 떨어져 나가도 노래를 부를 줄 알고
인수는 자궁의 박동 수를 정확히 셀 수 있지요

지영이와 인수의 이중창이
알을 깨고 나오는 어린 뱀의 리듬을 타는군요

어린 뱀의 혀 놀림은 킬힐을 닮았군요
벌써부터 모든 규칙을 짓밟아 터뜨릴 기세지요

고무줄이 터지고
멱살을 쥐고 있던 늙은 추장이 튕겨 날아가는군요

무대를 장악한 킬힐의 규칙은 암호로 되어 있고
짓밟아 터뜨려야 커튼콜이 시작되는군요

지영이와 인수의 대선율이
어느새 어린 뱀을 출구로 안내하고 있어요

두 마리 토끼

낮잠을 자고 일어났다
앞마당은 바다가 되어 있었고
토끼들이 바다로 뛰어들었다
나는 토끼를 잡아 산 채로 빨랫줄에 널었다
돌아온 건달들은
토끼 한 마리를 한 살의 나이로 계산을 하고 사 갔다
스무 살이 되었을 때
남극 대륙 원주민이 배를 타고 도착했다
토끼의 넓적다리 한 토막만 팔았지만
계산대에는 서른 살이 찍혔다
그때부터 나는
현실주의 자매가 토끼를 사러 올 때까지 다시 잠을 잤다
종아리가 덮이는 긴 스웨터로 시간을 감춘 채
언니는 알을 낳았고
점점 교묘해지는 동생의 나이 계산은
알이 녹는 날을 까맣게 잊어버리게 했다
나는 남극 대륙으로 건너가 알을 품었다
알을 품은 방에서는
시간은 흐르지도 멈추지도 않았다

거룩한 탄생

잡초가 무성한 수풀에 도착한
화물선을 타기 위해
뱀은 나흘을 꼬박 밤샘했고
알몸인 나는
두렵고 두려워서
싸늘한 빈방에 엎드려
뱀이 되게 해 달라고 기도했다
화물선의 창을 열고
탈출에 성공한 까마귀는
잡초를 뜯어 먹고 있는 나를 흉보았고
풀독이 잔뜩 오른 나는
인큐베이터 안에서
허물을 벗으며 뱀이 되어 갔다
까마귀는 매일 날아와
혀 놀림을 가르쳐 주었고
오물오물 내뱉는 뱀 소리를 들으며
인큐베이터는 허물을 벗고
화물선이 되어 갔다

멸종 위기의 남자

벽에 걸려 있는
사진틀 속의 남자가 악수를 청하면
사진틀을 들어 가려져 있던 벽을 보시지요
물고기 소녀가 샤워 중입니다
살아 있는 마지막 물고기 소녀지요
잊혀진 지 오래되었지만
물고기 소녀의 젖을 빨며
남자들은 자랐지요
사진 한 장으로만 남아 있는
나는 멸종된 남자입니다
면도를 할 때마다
서걱이는 비늘을
잃어버린 지 오래되었습니다
머뭇거리지 마시고
나의 손을 잡아 보시지요
물고기 소녀의
미끈한 채취가 느껴지지 않습니까
그렇다고 샤워실의 불을 켜진 마십시오
살아남은 마지막 물고기 소녀가
샤워를 그만두고 사라질지 모릅니다

당신은 멸종된 남자가 될지도 모릅니다

익명성과 피상성의 정보 미학

⇑은 평범한 쇠창살이었다
폭탄을 안고 ➥이 쇠창살 안에서 터졌다

시소가 오르락내리락 웃었다
↘↗와 ↗↘로 나눠진 우리는 웃다가

또 웃다가
↘↗은 밤이라고 우겼고
↗↘은 낮이라고 우겼다

○ 이렇게 ⇑을 따돌려야 한다고 우겼고
○ 이렇게 ➥을 피해야 된다고 우겼다

시소가 태어나기 전
⇑은 쇠창살이 없는 ⇑이었다

➥은 ↗↘와 한 몸이었고
↘↗은 ⇑와 한 몸이었다

오만 년 동안 ↘↗와 ↗↘가

시소의 양쪽 끝이라고 우기고 난 후

⇧은 밤과 낮을 시소에 앉혀 무게중심을 맞추었고
⇑➡↘↗↗↘⇧은 뒤섞여 ⊙이 되었다

뭉게구름의 비밀

입을 크게 벌리고
고개를 쭉 내밀어 집을 지었다

뭉게구름은 스펀지처럼
던져 주는 숟가락을 모두 **빨**아들였다

허물허물해진 숟가락을
씹어 먹었을까 아니면 마셨을까

비린내는 분명히 입술을 스쳐 지나갔지만
망치 소리도 들렸지만

뭉게구름 안에는
숟가락이 하나도 없었다

기억이 나지 않지만
썩는 냄새는 분명히 스쳐 지나갔지만

구름은 비어 있었다
집은 비어 있었다

집이 뭉게구름을 뱉어 낸 것일까
뭉게구름이 집을 뱉어 낸 것일까

아웃포커싱의 시학
—박강우의 시 세계

고봉준(문학평론가)

1.

사진에 관심 있는 사람이라면 디지털일안반사식(DSLR)
이라는 단어를 한 번쯤 접했을 것이다. 고성능 카메라가 휴
대전화의 필수 항목이 된 현실이 증명하듯이 '사진'과 '카메
라'는 어느덧 우리의 일상이 되었다. 우리는 전화를 하듯이
문자를 주고받으며, 문자를 주고받듯이 사진을 찍고 전송
한다. 한때는 콤팩트 카메라(compact camera)가 사진에 대
한 우리의 욕망을 감당했었다. 자동 초점 렌즈, 노출 옵션
을 조정하는 자동 시스템, 플래시 등이 달려 있는 이 스틸
카메라의 장점은 비전문가도 손쉽게 사진을 찍을 수 있다
는 것이었다. 하지만 욕망은 진화를 멈추지 않는 법. 최근
에는 많은 사람들이 앞다투어 DSLR 카메라를 구입하고 있
다. 사람들이 특히 이 카메라에 매료되는 이유 가운데 하

나는 콤팩트 카메라에서는 구현하기 힘든 아웃포커싱(Out of Focus)을 쉽게 구현할 수 있기 때문이다. 아웃포커싱이란 촬영자가 의도한 부분에만 초점을 맞춤으로써 배경을 흐릿하게 처리하는 촬영 기법이다. 이것은 인물이나 대상을 돋보이게 하는 촬영 기법으로, 사진을 접하는 사람들의 시선을 피사체에 집중시키는 효과를 낳는다. 반면 팬포커싱(Pan Focus)은 피사체와 배경 모두를 선명하게 촬영하는 기법으로서, 여기에서 피사체와 배경 간의 자연적 관계는 훼손되지 않는다. 풍경 사진이나 보도 사진에 팬포커싱 기법이 자주 사용되는 이유가 여기에 있다.

아웃포커싱과 팬포커싱의 차이는 비단 카메라의 촬영 기법만의 문제가 아니다. 특히 피사체와 배경, 즉 전경(대상)과 후경(배경)의 관계를 드러내는 방식의 문제에 연루되어 있다는 점에서 이들 기법상의 구별은 시(詩)에도 동일하게 적용될 수 있다. 일반적으로 박강우의 시에는 '난해하다'는 가치론적 평가와 '모더니즘'이라는 사조적·미학적 평가가 함께 따라다닌다. 그리고 이러한 평가의 상당 부분은 박강우의 시가 전통적이고 안정적인 팬포커싱을 거부하고 아웃포커싱을 통해 시인의 자의식을, 현대적 삶의 불모성을 드러내기 때문에 생기는 것이다. 실제로 박강우의 시편들 대부분은 심도가 얕은 사진처럼 피사체(대상)들의 관계가 의도적으로 지워진 느낌을 준다. 이른바 피사체와 배경 사이의 자연적인 관계를 강조하는 대신 선명한 방식으로 그 관계를 절단해 버림으로써 시에 대한 독자의 선입견과 기대,

107

즉 상식적인 접근을 거부하는 잔혹함을 추구하는 것이다. 이 잔혹함을 '현대성'이라고 명명하는 것은 타당하지만 적확하지는 않다. 왜냐하면 한 시인의 시 세계에서 문제적인 지점은 '현대성'의 유무가 아니라 그것이 구현되는 구체적인 방식이기 때문이다. 요컨대 박강우의 시의 아웃포커싱 방식은 비(非)재현적이고 초현실적인 장면을 구성하는 것에서도, 단어와 단어, 문장과 문장을 비(非)유기적으로 연결하는 낯선 기호의 다발에서도, 그리고 주체와 대상의 관계를 의도적으로 뒤바꿔 제시하거나, 주체는 물론 대상조차 잠재성의 차원에 위치시킴으로써 정체성을 횡단하는 '-되기'의 시학에서도 아웃포커싱의 시적 현대성은 분명하게 드러난다.

젖소들이 이야기를 나누고 있고
부엉이의 머리에서 태어난 아이들은 울고 있군요

나는 새벽까지 아무 말 없이
부엉이의 눈만 쳐다보고 있습니다

옆집의 그 남자도
앞집의 그 여자도
부엉이의 눈만 쳐다보고 있습니다

젖소의 젖을 빨며 아이들은 더 이상 울지 않고

신사복을 입은 수탉이 나팔을 불며 돌아올 때가 되었군요

나팔이 뿜어내는 안개가 자욱하여
부엉이의 눈도 더 이상 보이지 않고
돌아갈 길도 보이지 않습니다

안개 속에서
젖소와 부엉이와 수탉이 뒤엉켜 최초의 천국이 되고
아이들의 울음소리는
오래된 천국의 나팔 소리로 울려 퍼집니다

—「아웃포커싱」전문

　박강우의 두 번째 시집에는 사진이나 카메라와 관계있는 작품이 여러 편 있다. 그 가운데 「아웃포커싱」은 그의 시적 실험이 어떤 방향을 겨냥하고 있는가를 잘 보여 주는 작품인 듯하다. 이 작품에는 선명한 스토리 라인도, 전통적인 서정시적 문법이 선호하는 피사체와 배경 간의 유기적인 연관성도 존재하지 않는다. 달리 말하면 이 시는 시인 자신의 경험, 또는 그가 목격한 가시적 세계를 언어로 옮겨 놓은 작품이 아니며, 시적 화자의 감정을 표현할 목적으로 창작된 작품도 아니다. 유희성과 실험성이 두드러지는 이런 작품이 겨냥하고 있는 것은 자동화된 인간의 지각 방식 자체를 뒤흔드는 것이며, 이를 위해서 시인은 때때로 기꺼이 '의미'를 희생시키기도 한다. 요컨대 현대적인 예술의 가치는

자동화된 인간의 지각 방식 자체를 바꾸는 데 있거니와, 이것은 시적 현대성이 독자 대중에게 외면당하는 이유이기도 하다. 이런 이유 때문에 시인이 의도적으로 외면하거나 끊어 버린 관계를 우리가 애써 복원하려 노력할 이유가 없으며, 그것은 운문을 산문적인 서술로 재구성하는 것이 시를 읽는 올바른 방법이 아닌 것과 같다.

의미의 유기적인 연관성이라는 전통적인 독법을 무시한 채 잠시 작품을 읽어 보자. 몇 개의 장면들이 무심하게 제시되고 있다. 이 장면들에 등장하는 동물들, 그러니까 젖소, 부엉이, 수탉 등은 동물의 형상을 하고 있지만 전체적인 맥락을 고려하면 동물이라고 단정하기 어렵다. 인간-주체의 자리에 의도적으로 동물의 형상을 위치시킨 듯한 이 시에서 우리가 발견할 수 있는 것은 별로 없다. 물론 이 동물들을 인간으로 환원해서, 즉 "신사복을 입은 수탉"을 한 집안의 가장으로 읽고, "옆집의 그 남자도/ 앞집의 그 여자도/ 부엉이의 눈만 쳐다보고 있습니다"라는 진술을 늦게 귀가하는 누군가를 기다리며 밤을 하얗게 밝히고 있는 이웃집의 모습으로 읽을 수도 있겠으나, 이 경우 굳이 등장인물들이 우화(寓話)처럼 인간화된 동물의 형상으로 등장해야 할 근거가 약해진다. 이 작품에 등장하는 동물의 형상이 실제 동물을 가리킨다는 말이 아니다. 누가 읽어도 이 시가 인간들의 일상을 '동물'을 등장시켜 낯설게 만들었다는 사실 자체가 달라지지는 않는다. 하지만 "아웃포커싱"이라는 제목이 지시하듯이 이 시의 핵심은 현대인의 일상 그 자체가 아니라 그것을 낯설게 변주함으로써 진부한 삶의 순간을 이질적으로 경험하게 하는 감각의 잔혹함에 있다. 이런 점에서 박강우의 시에서 '사진'과 '카메라'는 일상을 구성하는 친밀한 것이면서 동시에 경험 자체를 낯설게 만드는 시적 장치의 일부이기도 하다. 시인이 시집의 첫 페이지에 사진(이미지)과 활자(텍스트)를 병치시킨 작품(「창세기 이후」)을 배치한 이유도 여기에 있다.

2.

예술에서 반복의 의미는 각별하다. '반복'은 스타일의 성립에 필수 불가결한 요소이며, 우리를 한 작가의 세계로 온전히 데려다 주는 주요한 입구이다. 모든 차원의 반복은 동등하게 중요하다. 이런 까닭에 우리는 이 시집의 초반에 등장하는 '창세기' 연작에 각별한 주의를 기울일 필요가 있다. 주의하자. 시인은 '창세기'라는 종교적 상징이 아니라 "창세기 이후"라는 다소 도발적인 언어로 시집을 시작하고 있다. 알다시피 구약성서의 창세기는 창조주가 6일에 걸쳐 천지를 창조하고 7일째 안식했다는 이야기이다. 반면 시인의 "창세기 이후" 이야기는 "창세기, 여덟 번째 날"에서 시작된다. 여기에서 우리는 "창세기 이후"의 세계가 '창세기'와 연속되는 신성한 세계가 아님을 쉽게 짐작할 수 있다. 그것은 창조주에 의해 이미 모든 것이 만들어진 기성품의 세계

111

일 수밖에 없고, 뒤집어 말하면 이미 존재하는 것들을 조합하여 새로운 것을 만들어야 하는 예술의 세계이기도 하다. 시인에게 문제는 창조 이후이다. 당연히 이 세계의 중심에는 '신'이 아니라 '인간'이 거주하고 있다.

> 거울이 손을 잡아당긴다
> 팔이 길어진다
> 거울 안으로 들어간 팔은
> 거울 안쪽의 견고한 벽에 박힌다
> 벽에 박혀 있는 팔을 붙잡고
> 계단이 거울의 천장으로 오른다
> 계단에 매달려 있는 사과가 떨어진다
> 떨어진 사과는
> 어느새 계단에 다시 매달려 있다
> 햇살을 받으면
> 팔은 분화되어 견고한 벽에서
> 팔들이 자라 나온다
> 팔들을 붙잡고 벽을 타고 오른 계단은
> 거울의 바닥에 도착한다
> 거울의 바닥은 거울의 천장이다
> 견고한 벽이다
>
> —「창세기, 아홉 번째 날」 전문

"창세기, 아홉 번째 날"은 '창세기'와 단절된 "창세기 이후"의 시간에 속하는 비(非)신성의 시간이다. 이 시는 올라감과 내려감, 바닥과 천장 같은 반대되는 것들의 경계를 모호하게 만들어버린 M. C. 에셔의 회화적 실험처럼 현실계를 왜곡하여 낯선 공간을 펼쳐 보이고 있다.(시인이 「34번가의 랙―세상은 생각보다 허술하게 돌아간다」에서 차용한 이예린의 사진 「34번가」 역시 실재와 허구, 현실과 환상의 간극을 드러냄으로써 우리의 고정관념을 뒤흔든다.) 이 낯선 공간은 창조주가 만든 신성의 세계가 아니라 창세기 이후에 인간에 의해 만들어진 '낯선 세계'이다. 시인이 이 세계를 구성하기 위해 '거울'의 속성에 의지하고 있다. '거울'은 자신의 바깥에 위치한 대상('손')을 잡아당겨 '팔' 길이를 늘어뜨린다. 우리는 이 장면을 어렵지 않게 상상할 수 있다. 또한 "거울 안으로 들어간 팔"이 "거울 안쪽의 견고한 벽에 박"히는 장면을 상상하는 일도 불가능하지 않다. 시선의 착시 효과에 따른 낯선 감각적 경험을 시화(詩化)한 이 작품의 핵심은 '거울'이라는 인공적 세계가 자연적 세계를 대체하고 있다는 것이며, 이러한 인공적 세계의 등장에 굳이 "창세기, 아홉 번째 날"이라는 의미심장한 제목을 부여한 까닭은 예술, 즉 문학을 이해하는 시인의 미학적 태도와 관련이 있는 듯하다. 요컨대 시인은 이러한 낯선 세계의 경험, 그리고 그런 세계를 언어화하는 시작(詩作)을 창세기로 상징되는 신성한 시작(始作)에 필적하는 것으로 간주함으로써 예술을 신성의 세계에서 해방시킨다.

원하시는 얼굴의 선택은 0번

최근 업데이트 된 얼굴을 보시려면 1번

지금까지 사용하신 얼굴을 보시려면 2번

남은 교환 횟수 확인은 3번

교환 금액 충전은 4번

상담원 연결은 5번을 눌러 주십시오

―「다시 쓰는 신화―창조주 篇」 부분

'신성'에서 해방된 세계는 반(反)신화의 세계가 아니라 여
전히 신화가 지배하는 세계이다. 그것은 발터 벤야민이 근
대―자본주의 사회를 '돈(상품)'을 숭배하는 종교적 세계로
인식한 것과 같은 이치이다. 박강우의 이번 시집에는 '다시
쓰는 신화' 연작이 4편 실려 있다. 시인이 '포스트―신화'라
는 발상을 통해 표현하고 싶었던 것은 무엇일까? 인용 시는
'포스트―신화' 시대에는 멀티미디어와 정보가 '창조주'의 역
할을 담당하고 있음을 말하고 있다. 추측컨대 이 세계에서
인류는 전화를 이용하여 '얼굴'을 바꿀 수 있으며, 그것은
'검색'과 '교환'을 통해 반복적으로 행해질 수 있다. 물론 그
것은 "남은 교환 횟수"와 "교환 금액 충전"이라는 경제적 조
건이 허락하는 범위 안에서만 가능하지만. 우리는 '얼굴'이
인간의 정체성에서 차지하는 위상을 모르지 않는다. '얼굴'
을 교환한다는 것은 결국 '정체성'을 획득한다는 의미이고,
'정체성'을 획득한다는 것은 새롭게 태어난다는 것을 뜻한
다. 현대사회는 정확히 자본과 기술이 '창조주'의 역할을 담

당하고 있는 세계가 아닌가. 비단 '얼굴'만이 아니다. 시인은 「다시 쓰는 신화—Makoto Aida의 「식용 인조 여아, 미미짱」 篇」에서는 SM적인 성향이 강한 일본의 화가 마코토 아이다(Makoto Aida)의 작품을 인용하여 현대 예술 특유의 외설성을 드러내고 있고, 「다시 쓰는 신화—신의 거울에 비친 나의 허상들」에서는 컴퓨터 검색 화면을 이용하여 '나'의 허구성을 지적하고 있다. 그리고 「다시 쓰는 신화—가상과 현실의 혼재 또는 융합 그리고 유비쿼터스」에서는 가상과 현실이 '혼재'되는 현대적인 조건을 신의 동시 편재성을 가리키는 개념이었던 '유비쿼터스'라는 단어를 가져와 제시하고 있다. 이것들이 동일하게 지시하고 있는 것은 인간 존재와 세계의 탈(脫)신성성, 즉 현대 세계의 근본 성격이다. 박강우의 시 세계가 가시화하려는 이 근본 성격을 어떻게 정의하면 좋을까? 정확한 술어를 발견하기는 어렵지만 시인은 이 세계의 실상이 우리가 대면하고 있는 표면과는 다른 것이며, 그 다른 것으로서의 실상에 도달하기 위해서는 상식적이고 상투적인 감각에서 벗어나는 일이 선행되어야 한다고 주장하는 듯하다.

　　그들이 소녀의 옷을 벗기면
　　소녀는 복제되기 시작하고
　　소년은 사과나무의 말로 이야기한다

　　복제된 소녀는 사과나무의 말이 싫어

귀를 막고 얼굴을 파묻어도
깃발은 자꾸만 높아지고
종소리는 끝없이 퍼져 나간다

사과나무의 말은
복제된 소녀를 언제든지 펼쳐 볼 수 있게
팔을 구부려 놓고
목을 기울여 놓고
얼굴을 붉게 물들인다

종소리가 사라지고
사과나무의 말이 사라지면
소년은 복제된 소녀를 욕조에 담는다
팔이 펴지고
목이 펴지고
깃발이 붉게 물든다

소년은 벗겨진 소녀의 옷을 입어야
사과나무가 될 수 있다

—「천사들의 비밀정원」 진문

　박강우의 시편들은 '의미'에 저항한다. '의미'가 없다는 말
이 아니다. 정확히 말하면 그의 시어들은 시인-주체-화자
의 고백적인 언어를 실어 나르는 도구가 아니라는 것, 그리

하여 처음부터 의도된 고정적인 의미를 염두에 두고 있지 않다는 뜻이다. 그의 시어들은 결코 '의미'로 온전히 회수되지 않는다. 그래서 그의 시들에서 '의미'를 찾으려 할수록, 그 의미들의 계기적 연관을 해명함으로써 완전한 진술로 재구성하려고 노력하면 할수록 우리는 점점 더 미궁에 빠지게 된다. 이를테면 이 시에 등장하는 시어들을 축자적으로 해석할 때, 우리가 얻을 수 있는 정보는 사실상 거의 없다. 우리는 '그들'의 정체를 알지 못하며, "사과나무의 말"이 구체적으로 무엇을 가리키는지 알 수 없다. 또한 소녀를 복제한다든가 소년이 복제된 소녀를 욕조에 담는다는 것이 어떤 맥락을 거느리고 있는지 상상하기 어렵다. 차라리 이 언어들, 표현들은 시를 읽는 우리의 상식적인 태도를 혼란스럽게 만들고 조롱하기 위해 배열된 암호 같다. 하지만 '창세기-신화-천국'으로 이어지는 반복의 계열들, 특히 박강우의 시가 현실과 환상의 모호한 경계를 지속적으로 탐사하는 방식으로 시적 현대성을 성취한다는 사실을 염두에 두면 이 암호의 일부에나마 닿을 수 있을 것이다.

3.

모호성과 불투명성은 박강우 시의 중요한 특징이다. 여기에서의 모호성은 시론 교과서에 등장하는 W. 엠프슨의 모호성(ambiguity)과는 다른 것이다. 엠프슨의 '모호성'이

두 가지 이상의 모순되는 의미를 가진 표현이라는 언어적 차원의 것이라면, 박강우 시의 '모호성'은 대개 시적 대상들을 잠재성의 차원에서 인식함으로써 생기는 존재론적 사건 차원의 것이거나 현실과 환상을 뒤섞음으로써 발생하는 것이다. 많은 사람들이 이러한 존재의 불투명성을 모더니즘 특유의 분열 미학에서 기원하는 것으로 설명하지만 실상 그것은 '환상'의 존재론적 스캔들에서 비롯되는 것이다. 사람들은 흔히 '현실'과 '환상'을 정반대의 것으로 분류하려는 경향을 보이지만, 대개 '환상'이란 '현실'이라는 기호로 설명·지시되지 않는 모든 것들을 가리키기 마련이다. 이때 '환상'이란 '현실이 아닌 것'이 아니라 '현실이 아니어야 하는 것', 즉 '현실'이라는 견고한 세계를 구축하기 위해 존재하지 않거나 비(非)현실로 간주되는 것들에 붙여지는 이름이다. 앞에서 언급했던 이예린의 「34번가」, 살바도르 달리나 르네 마그리트의 회화가 겨냥하고 있는 것이 바로 이 구분인데, 박강우의 많은 시편들 역시 '경계'에 관심을 집중함으로써 '환상'과 '현실'에 대한 통상적 시선을 전복하려 한다. 한 가지 분명한 것은 그의 시편들이 전통적인 서정시와 달리 견고한 주체—대상의 이분법을 고집하지 않음은 물론 '주체'마저도 상정하지 않으려는 경향을 드러내지 않는다는 사실이다. 만일 이러한 특징을 '분열/균열'이라고 명명한다면 박강우의 시는 분열의 시학이라고 말할 수 있을 것이고, 또 만일 그것을 '생성'이라고 명명한다면 박강우의 시는 '—되기'의 시학이라고도 평가할 수 있을 것이다. 거듭 말하지만 박강우의 시는 우리가 '현실'이라는 단어로 지시하는 일상적으로 경험하는 세계의 언어적 재현이 아니다. "스튜디오 미메시스"라는 시의 제목처럼 그에게 '스튜디오'의 인공성은 '미메시스'의 자연성과 떨어져 존재하지 않는다.

올해 스물세 번째로 태어났답니다.

M-type이죠, 남자에서 여자로, 여자에서 남자로만 변신되는 구형 제품을 가지고 계신다면 보상 판매 기간 동안 저를 구입해 보시죠. 날씬녀로 변신해 볼까요, 우람남으로 변신해 드릴까요, 당신이 알고 있는 모든 남녀로 변신이 된답니다. 아! 깜빡했네요, 작년에 출시된 D-type에 없던 연예인 변신 모드가 추가되었답니다. 국내파와 국외파로 나누어져 있는데 온라인을 통해 매월 추가되는 신인들을 다운 받을 수 있습니다. 이런 기능에도 식상하셨다면 내년에 출시될 계획인 X-type을 추천해 드리지요. X-type에는 획기적인 기능이 추가됩니다. 사람뿐만 아니라 다른 생명체와 무생물로도 변신되는 기능을 가지고 X-type끼리는 호환이 되기 때문에 모든 생명체와 무생물이 대화를 나누며 살아가는 에덴동산을 마음껏 향유할 수 있게 됩니다. 아울러 부가적으로 현장감 넘치는 배경을 원하신다면 별매품으로 판매되고 있는 변신용 배경을 구입하여 같이 사용하십시오. 내년에 업그레이드 예정인 신제품 변신용 배경은 당신이 상상할 수 있는 어떠한 배경으로도 변신이 가능하게끔 설정될 예정이어서 X-type과 같이 사용하신다면 당신이 꿈에도 그리

119

던 잃어버린 미메시스를 구현하실 수 있습니다.

—「제조번호 F060101-T23M」 부분

이 시의 핵심 모티프는 '변신'이다. 이 시의 화자는 "제조번호"가 부여된 인공적인 생산물이다. 시인은 '제품'을 등장시켜 우리에게 "당신이 꿈에도 그리던 잃어버린 미메시스를 구현"할 수 있다고 설명하고 있다. 이러한 언술을 통해 시인이 표현하려는 것은 무엇일까? 이 질문에 대한 적절한 대답을 찾기 위해서 우리는 먼저 시인이 인간을 포함한 인물, 동물, 캐릭터 등을 다루는 방식을 살펴야 한다. 여러 편에서 반복적으로 등장하는 '얼굴', 「다시 쓰는 신화—Makoto Aida의 「식용 인조 여아, 미미짱」 篇」에서 인용되었던 "식용 인조 여아" 캐릭터, "몸은 자네의 몸이지만/ 얼굴은 나의 얼굴이야"(「슈퍼모델 따라 하기」) 같은 진술에서 드러나듯이 박강우 시인은 신체를 파편화된 부분으로 인식하거나 유기적인 전체성을 상실한 분열된 주체로 인식한다. 그것은 「슈퍼모델 따라 하기」처럼 대타자(S)와 거세된 주체($)의 관계 때문일 수도 있고, "문을 열면 내가 보일까/ 아니면 네가 보일까/ 너와 나 사이에서/ 누가 웃고 있는 것 같지 않니"(「무대장치」)처럼 내적 분열에서 비롯되는 것일 수도 있지만, 대부분은 '환상'을 이용하여 개체/개인이라는 정체성=한계를 넘어서려는 시적 모험의 산물처럼 보인다. 이런 맥락에서 보면 위의 인용 시 또한 현대적인 문명을 강조하기 위한 것이 아니라 현대적인 주체, 근대 철학과 사상이 전제했던 휴머

니즘적 주체와는 근본적으로 구분되는 미지의 정체성을 가
리킨다고 이해하는 것이 설득력을 가질 듯하다.

　　그녀의 방 안에 들어서면
　　그녀의 방이 점점 자라나
　　나의 몸은 아기의 몸이 됩니다

　　아기의 몸으로
　　그녀의 생일 케이크를 자르며
　　방 안의 깊이를 가늠해 보지만
　　칼을 케이크 속에 빠뜨리고 맙니다
　　방 밖의 깊이에
　　익숙해져 있기 때문입니다

　　방 안의 깊이를 가늠하는 동안
　　그녀의 방이 점점 투명해져
　　방 밖의 무게를 가늠해 볼 수 있지요
　　하지만 가늠할수록
　　아기의 몸도 투명해져
　　그녀의 방은 사라지지요
　　방 안의 무게가 일정하지 않아서입니다

　　그녀의 방 안과 방 밖의 사이에는
　　수많은 그녀의 방이 있고

수많은 아기의 몸이 들어 있지요

아기의 몸으로 가득 찬 그녀의 방은

깊이와 무게로 가늠할 수 없는 속성을 가집니다

　　　　　　　　—「그녀의 방, 그 속성에 대한 반성」 전문

　박강우의 시에서 모든 사물, 대상, 인물, 캐릭터의 개체
적 경계는 견고하지 않다. 예컨대 "구경꾼들이 내장된 신
형으로/ 다시 태어나고 싶지"(「포토샵」) 같은 진술이 박강우
의 시 세계에서는 예외적인 것이 아닌데, 한 개체가 자신
의 고유한 정체성을 벗어나 다른 개체가 되는 것, 또는 다
른 개체와의 이웃 관계를 형성하는 존재론적 사건은 수시
로 발생한다. 이런 점에서 '−되기'는 '변신'의 또 다른 이름
이다. 물론 시인은 "토크쇼와 짬뽕", "프라이팬과 신사"처
럼 병치은유를 적극적으로 활용하여 의미론적 전이를 실험
하기도 하지만, 그 한계선/경계선이 선명하지 않은 감각적
이해에 근거해 하나의 대상이 다른 대상으로 바뀌는 '−되
기'의 사건을 적극적으로 시화(詩化)하기도 한다. "낮잠을
자고 일어났다/ 앞마당은 바다가 되어 있었고/ 토끼들이
바다로 뛰어들었다"(「두 마리 토끼」), "나는/ 인큐베이터 안에
서/ 허물을 벗으며 뱀이 되어 갔다/ (…중략…) / 인큐베이
터는 허물을 벗고/ 화물선이 되어 갔다"(「거룩한 탄생」)처럼
'되다'라는 동사를 수반하는 진술들의 대부분은 이러한 변
신의 세계를 보여 준다. 중요한 것은 이 변신−사건이 결코
논리적이지도 이성적이지도 않다는 것. 그러므로 그것은

오직 그 사건을 수락하는 존재에게만 유의미한 것으로 경험된다는 사실이다.

인용 시의 경우가 그렇다. 이 시의 중심 사건은 '나'와 "그녀의 방"의 관계이다. 1연에서 화자는 자신이 "그녀의 방"에 들어서면 "그녀의 방이 점점 자라"난다고 진술하고 있다. 하지만 1연의 시적 상황이 우리에게 보여 주는 것은 "그녀의 방"이 자라는 것과 '나'의 몸이 "아기의 몸"이 되는 것의 동시성이다. "그녀의 방"에 들어서는 하나의 사건이 두 개의 상반된 사건을 동시에 포함하고 있는 셈이다. 하지만 2연의 상황, 그러니까 "방 밖의 깊이에/ 익숙해져 있기 때문"에 "칼을 케이크 속에 빠뜨리"는 것으로 보아 "나의 몸"이 "아기의 몸"이 되는 사건은 불완전한 '−되기'이다. 이러한 안과 밖의 동시성 또는 겹침은 3연에서는 투명함과 사라짐으로, 4연에서는 "수많은 그녀의 방"이라는 복수성과 "깊이와 무게로 가늠할 수 없는 속성"이라는 불가능성으로 변주되고 있다. 이 변주가 현실과 환상의 경계에 대한 물음, 정신분석학이 주장하는 상상계와 상징계의 혼재를 의미한다는 사실을 지적하는 것은 어려운 일이 아니다. 다만 우리가 되물어야 할 것은 시적 현대성이라는 이름으로 행해지는 이 실험의 의미일 것이다. 어쩌면 우리가 '현실'이라는 당위의 이름으로 억압해 버린 '환상'의 스캔들적인 존재론을 복원하는 일, 그리하여 이제까지와는 다른 감각으로 세계를 경험하도록 강제하는 일이 아닐까. 바로 그때, 세계는 영원히 미확정적이고 불투명한 어떤 것이 되겠

지만, 또한 우리에게 잠재성으로 충만한 세계로 경험될 수
있지 않을까.